ACTUALITÉ

L'ESPOIR !

(POËME)

AUX VRAIS AMIS DE LA FRANCE

> O la plus belle des patries,
> France! si ton éclat un moment fut voilé,
> Si le crime effeuilla tes guirlandes flétries,
> Ceinte de lis nouveaux, lève un front consolé.
>
> M. A. GUIRAUD.
> (*Ode sur l'avénement du roi Charles X.*)

PRIX : 25 CENTIMES

PAR LA POSTE : 30 CENT.

A RENNES

CHEZ LES PRINCIPAUX LIBRAIRES.

—

1872

ACTUALITÉ

L'ESPOIR !

(POËME)

AUX VRAIS AMIS DE LA FRANCE

O la plus belle des patries,
France ! si ton éclat un moment fut voilé,
Si le crime effeuilla tes guirlandes flétries,
Ceinte de lis nouveaux, lève un front consolé.
    M. A. GUIRAUD.
(*Ode sur l'avénement du roi Charles X.*)

RENNES

TYPOGRAPHIE T. HAUVESPRE, RUE NATIONALE, 4.

1872

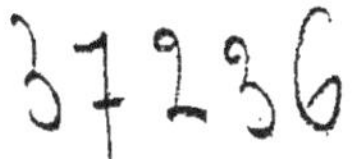

L'ESPOIR !

AUX VRAIS AMIS DE LA FRANCE

> O la plus belle des patries,
> France ! si ton éclat un moment fut voilé,
> Si le crime effeuilla tes guirlandes flétries,
> Ceinte de lis nouveaux, lève un front consolé.
>
> M. A. GUIRAUD.
> *(Ode sur l'avénement du roi Charles X.)*

La lyre entre mes doigts tremblants, mais non glacés,
Foulant les corps noircis des Germains terrassés,
Que ne puis-je, à l'instar des immortels poëtes,
Célébrer des Français le faste et les conquêtes,
Inscrire dans ces vers des noms victorieux !
Que ne puis-je, plus fier qu'aux jours de nos aïeux,
De la France en délire et superbe en ses joies,
Acclamant ses vainqueurs, de fleurs semant leurs voies,
Honorant des héros l'hécatombe au trépas,
Que ne puis-je chanter les triomphants ébats ?
Que n'ai-je eu l'heureux sort de vaincre en cent batailles

Les Teutons écrasés sous leurs propres murailles ?
Que n'ai-je ouï l'Europe, attentive aux combats,
De tes guerriers, ô France, applaudir les éclats,
Et vu nos bataillons, conduits par la victoire,
Revenir, le front ceint des palmes de la gloire ?
Du cri de ses bravos, de ses joyeux concerts,
La France enorgueillie aurait frappé les airs ;
Et, des antiques jours exemples trop sublimes,
S'arrachant des vaincus les dépouilles opimes,
Les mères, à la gloire unissant leurs douleurs,
Pour fêter la victoire, auraient tari leurs pleurs.

Que ne puis-je en ces vers, au lieu de nos défaites,
Célébrer du triomphe et la gloire et les fêtes ?...
Mais non !... mon âme pleure, et l'œil au ciel, je dis :
« Les Francs, Dieu de Clovis ! de toi sont-ils maudits ?... »
O muses de l'espoir, en essuyant mes larmes,
Affermissez ma voix au milieu des alarmes !

En ce siècle d'orgueil que de cris et de maux
Alarment les cités, attristent les hameaux !
Le temps calme n'est plus où, raisonnant des astres,
On se parlait de gloire et non de nos désastres.
Hélas ! on ne vit plus à ces jours glorieux,
Où les fils en sagesse égalaient leurs aïeux ;
Où la fille en vertus imitait sa grand'mère,
Le cadet et l'aîné ressemblaient à leur père ;
Où les guerriers français, vainqueurs dans leurs exploits,
Plantaient à Metz, Strasbourg, la bannière des rois.
Soumis aux souverains, leur montrant la vaillance,
Ils reculaient bien loin les bornes de la France.
Et, toujours illustrant l'étendard glorieux,

Ils chassaient de nos murs l'Anglais ambitieux.
Aux champs de la victoire ils suivaient le panache,
Et le drapeau des lis nous fut légué sans tache.

Dignes de leurs aïeux, les Français autrefois
Dans l'Europe liguée affermissaient nos droits.
La Trémouille et La Hire, et Dunois et Xaintrailles,
Couvraient du drapeau blanc nos champs et nos murailles.
C'est par eux, c'est par lui, le roi des étendards,
Que l'empire des Francs grandit de toutes parts ;
C'est, le regard fixé sur sa blanche oriflamme,
Qu'Henri-Quatre aux Français dit avec grandeur d'âme :
« Compagnons de ma gloire, illustres aux combats !
« Voilà nos ennemis !... héroïques soldats !
« Seriez-vous sans drapeau, suivez mon blanc panache !
« Au chemin de l'honneur il flottera sans tache ! »
    Il dit : ses légions suivant le Grand-Henri,
Obtinrent le triomphe en la plaine d'Ivry.
Il fut de ses sujets le vainqueur et le père (1),
Et son règne si doux fut un règne prospère.

Tel toujours des Bourbons fut le langage altier.
Leur puissance en tous temps remplit le monde entier,
Grands rois ! ils triomphaient du Tage au Borystène :
Les lis, semés par eux, fleurirent dans Athène.
    Serait-il un Français dont l'esprit égaré,
Osât jeter l'insulte à ce drapeau sacré ?
    C'est sous ses plis flottants au souffle de la gloire

____

(1) Tout le monde connaît ce vers caractéristique de la *Henriade* de Voltaire.
Il résume à lui seul tout le règne d'Henri IV, l'un des plus grands rois de
France.

Que nos pères jadis marchaient à la victoire.
Ont combattu sous lui les Guesclin, les Bayards,
Jeanne d'Arc et Condé, Turenne et les Villars ;
C'est lui qui, nous donnant l'Alsace et la Lorraine,
Dota des libertés la race américaine ;
Et naguères encor, déployé sur les mers,
De l'Afrique insoumise il franchit les déserts.
Pour nos pères sacrée et par le Ciel bénie,
La bannière des rois ne peut être honnie.
Le drapeau d'Henri-Cinq, si cher à nos aïeux,
Au sein de la patrie est seul victorieux.
Emblème du triomphe et vrai drapeau de France,
Les lis pour les Français sont fleurs de l'espérance.

Ah ! si la France encore, obéissant aux rois,
De leur règne si doux accomplissait les lois ;
Si, préférant Chambord aux héros d'aventure,
Elle suivait l'instinct de sa noble nature ;
Si, sous le blanc drapeau, nos valeureux soldats,
Au cri de : « Vive Henri ! » s'élançaient aux combats ;
Si d'Aumale et Joinville, et l'héritier au trône (1),
De l'auguste Bourbon protégeant la couronne,
Autour de lui rangés et chefs des légions,
S'avançaient vers le Nord avec nos bataillons,
L'Allemagne soumise, et l'Europe elle-même,
Contempleraient l'éclat des lis du diadème.
Elles sauraient encor qu'illustre en ses exploits,
La vieille France est forte et belle sous ses rois ;
Et que l'esprit français, amoureux de la gloire,
Est grand dans sa vengeance et noble en sa victoire.

(1) Mgr le comte de Paris, chef de la Maison d'Orléans, et l'héritier présomptif
d'Henri V.

Si, par un jour heureux, l'orphelin de Berri,
Pose son pied royal sur le trône d'Henri,
Le désastre et les pleurs feront place à la joie.
L'aigle fauve du Nord abandonnant sa proie,
La France, de jadis rappelant les hauts faits,
De ses cruels vainqueurs vengera les forfaits ;
Et, devenue encor des nations la reine,
Arrachera des fers l'Alsace et la Lorraine.
Conduits par le roi même, aux accents du tambour,
Nos bataillons vainqueurs entreront dans Strasbourg ;
Et, soudain abattant, du haut de la coupole,
L'aigle noir, des Bismarks le carnassier symbole,
L'oriflamme des lis, emblème de grandeur,
Fera flotter au vent les plis de sa blancheur.
Alors, France robuste, en cessant d'être esclave
De l'Attila Teuton, vain roi du peuple Slave,
Alors, en subjuguant les Vandales du Nord,
En glorieux destin tu changeras ton sort.
Comme autrefois, l'Europe et les peuples sauvages,
Au lieu de t'outrager, t'offriront leurs hommages.
Parmi les nations rétablissant la paix,
Les sujets et les rois béniront tes bienfaits.
Puissante à l'étranger et dans ton sein prospère,
Ton roi de ses enfants sera l'ange et le père ;
Et, reprenant le cours des arts et du progrès,
Les bardes immortels chanteront tes hauts faits.

Mais, Ciel ! quelle puissance anime ainsi ma lyre,
Et jette mes esprits en un royal délire ?
Ma patrie agonise, et son traître assassin
D'un fer empoisonné lui transperce le sein !...
Le meurtrier est là, prêt à frapper sans cesse !...
Il a du froid bandit l'audace et la bassesse !...
Etouffant de sa proie et l'haleine et les cris,

Il traîne en les égouts son cadavre en débris !...
O monstre d'épouvante ! implacable en sa haine !
Son regard est de sang, son instinct est d'hyène !...

O France, ô noble France ! où sont donc tes sauveurs ?
Grand Dieu ! dois-tu périr ou renaître aux grandeurs ?...
France ! qui te protège ?... ô France ! ô ma patrie !
Eux-mêmes, tes enfants, t'ont souillée et meurtrie !...
Hélas ! Dieu la châtie. Insultée à son tour,
De ses jalouses sœurs, feintes dans leur amour,
Elle a perdu soudain le respect et l'estime :
L'Allemagne l'outrage, éventrant sa victime.
Son traître protecteur la livre aux meurtriers...
Pour te venger, ô France ! où sont tes vieux guerriers ?
Quel sera le vainqueur qui, marchant aux batailles,
Des sangliers du Nord fera les funérailles ;
Qui, chassant devant lui les féroces, épars,
De la sombre Berlin franchira les remparts ;
Qui, seul, renouvelant l'éclat de la puissance,
Châtiera des Teutons l'éphémère jactance ;
Et qui, sur leurs palais, arborant son drapeau,
Dira : « Pour eux la mort ?... pardonner est plus beau ! »
Alors, les fiers Germains, avec un cri sinistre,
Maudissant et Guillaume et son haineux ministre,
Proclameront vainqueurs ceux qu'ils avaient vaincus,
Honorant de Bourbon eux-mêmes les vertus.

Mais Dieu ! pardonne encore à mes rêves de gloire !
J'assiste à la défaite et non à la victoire.
J'ai la rougeur au front et des pleurs dans les yeux.
Le songe des vaincus est un songe odieux !
Oh ! combien à mon cœur, à mon âme indomptable,

Ce rêve glorieux n'est-il pas redoutable !
Ainsi que les captifs, en soupirs gémissants,
Aux bords de Babylone élevaient leurs accents,
Et voyaient sans accords, peuplades éperdues,
Aux feuillages en fleurs leurs lyres suspendues,
La fureur en mes sens et pour honnir son nom,
Je dis : « Dieu ! soit maudit l'abject Napoléon,
Qui pour ravir le trône, allant vite à besogne,
Fit ses tours de Strasbourg, de Ham et de Boulogne !...
Je laisse aux froids penseurs dont l'esprit est de fiel,
D'allier sur son nom le vinaigre et le miel.
On sait trop qu'achevant en lâche sa carrière,
Comme odieux transfuge, il franchit la frontière ;
Que, sans plus s'occuper d'illustrer son drapeau,
En poltron émérite il a sauvé sa peau.
    Ainsi devait finir un Corse fourbe et louche.
Sans en avoir le nom, il ressemble à Cartouche.
Oui, la France n'aura du solide et du bon
Que par le fils des rois, par Henri de Bourbon !

Eh ! l'on voudrait encor que la France éclairée
A des Corses bandits soit de nouveau livrée ?
C'est bien en vain qu'au trône un saltimbanque acteur
Pense du fils des rois égaler la grandeur.
S'il n'est par sa naissance un prophète ou, mieux, prince,
On se fusille en France, à Paris, en province.
Que pourrait me répondre un franc républicain ?
Doit-on livrer la France au premier arlequin?
Que servent de Platon les mille et mille extases,
Et de ses vains claqueurs les nébuleuses phrases ?
On juge l'ouvrier à l'œuvre des labeurs :
La révolution est fertile en malheurs.
Depuis quatre-vingt-neuf que sont les républiques?

Des Laïs à grands airs sur les places publiques,
Tapageuses de rue et du plus mauvais ton,
Qui prétendent passer pour filles de Caton.
Qu'elles cessent enfin de sembler vertueuses,
Et jettent bas le masque... elles sont pétroleuses.
Si l'utopiste, épris du mot « universel, »
Conserve à leurs appas un amour éternel,
Qu'il se voue aux rigueurs de ces prostituées,
Ne nous infecte pas de senteurs conspuées ;
Qu'il ne prétende plus, au nom des libertés,
En grugeant les niais, payer ses voluptés.

Et je dois dire ici, riant de leurs grimaces,
Aux orateurs des clubs, faux protecteurs des masses :
« Enfin, vous tairez-vous, démocrates braillards !
La mort vous épouvante et vous semblez gaillards.
A démentir le vrai vous avez la réplique :
Assez des *Droits de l'homme* et de la *République*,
Dont le cri sanguinaire est l'infernale voix,
Dont la hache et le feu sont les horribles lois.
Quittez ce ton hautain et ces airs de monarques,
Qui sont de votre orgueil les irritantes marques.
Il vous sied par trop mal de parler des seigneurs :
Sans avoir leurs vertus, vous en avez les mœurs.
Est-il prince ou ministre étalant plus de morgue
Que tous ces chiens hargneux aboyant comme un dogue ?
Les corbeaux les plus lourds n'écoutent les renards,
Ne jappez plus si haut vos pamphlets goguenards.
Baissez ce ton si fier d'ignorants pédagogues.
On connaît, par Paris, vos impurs démagogues,
Qui, du peuple et de Dieu s'érigeant les censeurs,
Se sont faits des forçats les éhontés plaideurs ;
Qui, déclarant la guerre à quiconque possède,

— C'est franchir la limite et l'infamie excède, —
Réclament en partage, à l'homme fainéant,
L'or, prix d'un dur labeur, de la vie et du sang.
O des simples esprits sordides exploiteurs !
Serait-il assez d'or pour vous, dissipateurs ?
Auriez-vous mille fois l'or des Californies,
Que, pauvres aussitôt, ivres dans vos orgies,
Sans principes, sans Dieu, sans pudeur, sans vertus,
La mort, le feu seraient par vos mains répandus.
Dieu permit-il un jour une telle épopée,
Que la nature humaine au cœur serait frappée.

Que ne sont-ils de tous conspués et maudits
Ceux qui rêvent en France un règne de bandits !
De disputer entr'eux la fortune publique,
Ces coquins sont pressés... de par la République.
Ils jugent à leur aise, et sans faire de frais,
D'avoir le capital avec les intérêts.
Ils se font les plaideurs du peuple qu'ils caressent ;
Mais il sait aujourd'hui les vœux qui les oppressent.
O des Abels français, nouveaux Caïns plaintifs !
Pour le bonheur de tous vous êtes trop actifs.
Votre humeur est loquace et votre regard louche :
Vos yeux veulent du sang et votre âme est farouche.
N'espérez point changer en bandits les mortels,
Et respectez du Christ les lois et les autels ;
N'essayez pas en vain de troubler les campagnes,
Qui vous veulent au diable, ou, pour le moins, aux bagnes.
L'honnête laboureur ne croit pas aux grands mots,
Et maudit de son mieux les auteurs de nos maux ;
Le peuple des cités, les ouvriers des villes
Refusent de répondre à vos passions viles.

Mais tels sont les projets de braillards radicaux,
Voulant sans travailler avoir part aux gâteaux.
Etant des plus naïfs, on condamne un système,
Qui consiste à jouir sans faire rien soi-même.
Tandis que l'on se tue à s'assurer du pain,
Un communeux flâneur dit : « Donne-moi ! j'ai faim. »
Sûr du coup qu'il n'est point l'émule d'Aristote,
Au désœuvré robuste, indigné, je riposte :
« Citoyen, dis-le moi ! d'où viens-tu ? que fais-tu ?
» Le travail est pressant, le blé n'est point battu,
» Et je ne puis suffire à poursuivre l'ouvrage.
» Le soleil est bien chaud et j'ai peur de l'orage ;
» Mais, pour toi, qui te plais par ce temps à flâner,
» Veux-tu, pour de l'argent, au travail t'adonner ? »
— Imbécile ! niais ! répond le bon apôtre,
Nous vivons en commun, et ton bien est le nôtre.
— Hein ! dit le paysan, cela ne se pourrait,
J'ai pour bien des écus en ce clos de guéret.
— Quoi ! ce superbe grain, tu crois pouvoir prétendre
Le porter sous la halle et chèrement l'y vendre ?
Tu fais erreur, bonhomme , et, moi, tout le premier,
J'irai remplir de blé mes sacs à ton grenier.
— Eh ! que nenni ! bon Dieu !.., Vivant à la campagne,
Plus je soigne le sol et plus cent fois j'y gagne ;
Et, puisque Dieu voulut que je sois laboureur,
Je vis en travaillant, et c'est là mon bonheur.
— Mais, sot, répliqua l'autre, eh ! tu peux, ma foi ! vivre
Sans t'éreinter autant et trembler sous le gîvre...
Ta ferme est à nous deux. — Qu'en dirait le bourgeois ?
— Il sera laboureur, ainsi se font les lois.
— Notre maître artisan et cultiver la terre ?
Mademoiselle Anna devenir ménagère ?
Ah ! vrai ! dites, monsieur ! comment en causez-vous ?
Ces gens ne sont point faits pour faire comme nous.
Bonnement ! vous croyez que celui qui nous loue

Pourrait, sans le savoir, manier cette houe?
Jamais ! et s'il fallait que chaque laboureur
Remplaçât le notaire et vécut en seigneur,
Vous pourriez dire alors que la machine ronde
Serait vide de grains et plus vide de monde !
   Il ajouta tout bas : « cet homme est insensé !
S'il était jamais Dieu, tout serait renversé. »
   — Oui, paysan stupide, oui, tu peux, mon bonhomme,
Vivre sans travailler et dormir un long somme.
Tu peux, te reposant, et non plus éreinté,
Distraire tes esprits jusqu'à l'éternité.

   — Vrai ! comment se fait-il que, lisant dans les livres,
Vous n'ayez pas gagné plus de cent mille livres ?
Car pour moi qui vous parle, et ne suis point vantard,
Si je me lève tôt, si je me couche tard,
Si j'arrose mes champs de sueurs abondantes,
Si chaque jour je suis aux œuvres incessantes,
Mes peines et mes soins sont rarement perdus ;
Mes enfants à ma mort trouveront des écus.
Mes filles à vingt ans travaillent comme mère ;
Et, plus jeunes, mes gars aident à leur vieux père.

   Dieu les préserve tous d'écouter ces savants,
Qui, sans dire la cause, ont écrit sur les vents ;
Et qui, rêvant pour nous un bonheur éphémère,
Aux travailleurs actifs rendent la vie amère.
Ah ! si ces esprits-forts, comme nous, comme moi,
Des rustiques labeurs accomplissaient la loi ;
Au lieu de discourir en vain sur la nature,
Plaçaient leur théorie au sein de la culture :
Oui, plus d'un, j'en réponds, en se portant bien mieux,

Jugerait sensément de la terre et des cieux.
Moins rêveurs, plus moraux, plus vrais et moins impies,
Ils concevraient bien moins de folles utopies.
Ils ne chériraient point ces vains rêves trompeurs,
Qui sont de la folie et causent nos malheurs.
C'est comme qui dirait la sainte République!
Songer qu'à la vouloir, on se plaît, on s'applique!
Mais, voyez-vous, en France, on est par trop léger :
On est bien sous les rois, il faut toujours changer.
A quoi bon rappeler Rome, Carthage et Sparte,
Plaindre, en son déshonneur, ce gueux de Bonaparte?
Napoléon-le-Grand, Napoléon-Petit,
Lequel de ces deux-là fut le plus grand bandit?
Ne vient-on pas encor nous parler d'anarchie,
Et vouloir des voleurs l'horrible monarchie?
Pour le coup, je le dis, à l'esprit des Français,
Du crime et des vertus il faut toujours l'excès.
Et pour vous, fainéant, au criminel langage,
Qui voulez, pour piller, le trouble et le carnage,
Je m'en vais vous répondre et pour tous et pour moi.
D'abord, nous paysans, nous n'ajoutons point foi
Aux leurres de la ville. Eh bien! donc, je suppose
Que chaque laboureur, comme vous se repose,
Consomme à folâtrer des jours si précieux,
Au temps que le soleil resplendit dans les cieux ;
Que tous, à la campagne, en négligeant la terre,
Laissent, au lieu de blé, végéter la fougère :
Qui donc, répondez-moi, cultivant les sillons,
Procurerait du pain à vous, aux nations?
L'honnête agriculteur termina par ces choses :
« On aime les chardons au lieu d'aimer les roses. »

Le communeux rendu, sans présenter la main,
En commentant ces faits poursuivit son chemin.

Par d'absurdes projets, d'imbéciles paroles,
On peut coupablement intervertir les rôles ;
Et, sous le fol motif d'établir le niveau,
Maudire l'ancien temps, pour vanter le nouveau.
Chaque siècle a ses us, ses progrès et sa gloire,
Et la France jadis brillait par la victoire.
Sans doute en ces vieux jours le fluide et le rail,
Bien qu'ils fussent connus, n'activaient le travail.
On ne se servait point des boîtes à mitrailles,
Mais on était toujours vainqueurs dans les batailles.
De la France et du Ciel sanctionnant les lois,
Les vieux avaient-ils tort d'être soumis aux rois ?
Près de quinze cents ans, fidèles à leurs princes,
Ils savaient conquérir, non perdre des provinces.
Nos aïeux, disons-le, plus simples dans leurs mœurs,
Nous offrent du progrès des exemples meilleurs.
N'ont-ils pas de la France écrit et fait l'histoire ?
Qui pourrait avancer que nous avons leur gloire ?
Nous raffolons d'orgueil. Avouons, avant tout,
Que nous sommes vaincus, sans principes, sans goût.
On aime le clinquant, et le luxe des femmes
Engendre sous nos yeux les passions infâmes.

Je sais que dans ces vers osant la vérité,
Par maintes Bénoitons, je serai molesté.
Les Pompadours, plutôt que de rester muettes,
En me vilipendant, maudiront les poëtes.
En dépit du respect qu'au beau sexe je dois,
Je ne puis, sans faillir, rimer contre les lois.
Les bardes, dans leurs chants, dictés par la justice,
Honorent les vertus et flagellent le vice.

Devrais-je à mes vingt ans, pour oser quelques mots,

Encourir la disgrâce, et la faim et les maux,
Nul ne peut étouffer mon amour pour la France,
Etancher en mon cœur la soif de l'espérance !

Ah ! sur le sol français n'aurais-je plus d'espoir ?
L'orage du matin tonnerait-il le soir ?
Qu'errant dans les vallons, sous les bois, sur les grèves,
Pour mon pays vaincu j'aurais les mêmes rêves !
La France impérissable et ses virils enfants
Tomberaient-ils meurtris sous les fers Allemands ?
Gémiraient-ils captifs au fond de l'Allemagne !
Que des tombeaux en cendre évoquant Charlemagne,
Jusqu'à mon dernier souffle, en maudissant le Nord,
J'aurais, pour ma patrie, espoir d'un meilleur sort !

O vous donc, fiers Français qu'anime la vengeance,
Des Germains soyez prêts à châtier l'engeance.
Revenus des erreurs, et protégeant les lois,
Renouvelez le temps du doux règne des rois.
Que tous, autour du trône, et rangés par mérite,
D'Henri-Cinq, des Bourbons l'héritier émérite,
Vous bénissiez le nom, la gloire et les vertus,
Et nous serons vainqueurs, les Allemands vaincus !

H. G. d. P.

Rennes, imprimerie T. Hauvespre.

www.ingramcontent.com/pod-product-compliance
Lightning Source LLC
LaVergne TN
LVHW051147060726
842526LV00006B/2267